A mi familia. Gracias por el tiempo que me concedieron para escribir. Los quiero.

Y a José Alberto Gutiérrez, por compartir su amor por los libros con los niños de La Nueva Gloria.

Y a los estudiantes de Truman Middle School, por permitirme el mismo privilegio. —A.B.K.

Para mi amor, Alejandro. Gracias por llenar nuestra casa de libros. —P.E.

Una parte de los ingresos de este libro será destinada a la fundación de José Alberto Gutiérrez, La Fuerza de las Palabras.

Mi especial agradecimiento a la Dra. Kristina Lyons, de la Universidad de Pensilvania, por su ayuda en este proyecto.

Text copyright © 2020 by Angela Burke Kunkel
Jacket and interior illustrations copyright © 2020 by Paola Escobar

Visit us on the Web! rhcbooks.com

Educators and librarians, for a variety of teaching tools, visit us at RHTeachersLibrarians.com

Library of Congress Cataloging-in-Publication Data
Names: Kunkel, Angela Burke, author. | Escobar, Paola, illustrator. | Mlawer, Teresa, translator.
Title: Rescatando palabras: José Alberto Gutiérrez y la biblioteca que creó / Angela Burke Kunkel; ilustraciones de Paola Escobar; traducción de Teresa Mlawer.
Other titles: Digging for words. Spanish
Originally published in English under title: Digging for words. | Includes bibliographical references. | Audience: Ages 4–8.
Summary: In Bogotá, Colombia, young José eagerly anticipates Saturday, when he can visit the library started by José Alberto Gutiérrez, a garbage collector, and take a book home to enjoy all week. Includes note about Gutiérrez's life and Bogotá.
Identifiers: LCCN 2019053949 | ISBN 978-0-593-18170-6 (hardcover) | ISBN 978-0-593-18171-3 (library binding) | ISBN 978-0-593-18172-0 (ebook)
Subjects: LCSH: Gutiérrez, José Alberto—Juvenile fiction. | CYAC: Gutiérrez, José Alberto—Fiction. | Libraries—Fiction. | Books and reading—Fiction. | Bogotá (Colombia)—Fiction. | Colombia—Fiction. | Spanish language materials.
Classification: LCC PZ73 .K74 2020 | DDC [E]—dc23

The text of this book is set in 16-point Brandon Grotesque.
The illustrations were rendered digitally.

MANUFACTURED IN CHINA
10 9 8 7 6 5 4 3

«Siempre imaginé que el Paraíso sería algún tipo de biblioteca».
—Jorge Luis Borges

RESCATANDO Palabras

José Alberto Gutiérrez y la biblioteca que creó

Escrito por Angela Burke Kunkel
Ilustrado por Paola Escobar
Traducido por Teresa Mlawer

RANDOM HOUSE STUDIO NEW YORK

En la ciudad de Bogotá, en el barrio
La Nueva Gloria, viven dos Josés.

El pequeño José se despereza en la cama. La luz de la
mañana lo despierta. Soñaba con el Paraíso. Cae en la cuenta
de que es viernes y suspira. Es *casi* sábado.

Hasta que llegue el sábado, montará
en su bicicleta para ir a la escuela.

Se sentará en su pupitre y tratará
de prestar atención a la maestra.

Jugará al fútbol con sus amigos.

El día se alarga ante él,
como las calles y las colinas, pero
mañana su deseo se hará realidad.

En el mismo vecindario, a unas pocas calles de allí, el otro José también sabe de largos días. De niño tuvo que abandonar la escuela para ayudar a su mamá. Comenzó a trabajar como albañil, excavando la tierra con las manos, colocando ladrillo sobre ladrillo hasta que de la nada surgía algo. Una pared, un edificio, una casa. Pero nunca dejaba de leer con su mamá todas las noches. Un cuento al final de la jornada era como estar en el Paraíso.

Ahora, a la luz del atardecer, el pequeño José llega
a casa en su bicicleta, su mamá lo llama para cenar,

mientras que el otro José se prepara para ir a trabajar. Alista el camión de basura para iniciar su ruta por los barrios más ricos de Bogotá.

El motor cobra vida. Los faros penetran la oscuridad de la noche. José recoge la basura de las calles de la ciudad. Trabaja toda la noche hasta que sale el sol.

Mientras conduce, José escudriña las aceras
entornando los ojos bajo la tenue luz. Inspecciona
la basura de las casas en busca de tesoros escondidos...
¡Libros! Algunos en pilas ordenadas, como a la espera
de que José los descubra. Otros requieren más esfuerzo
para ser encontrados. Pero a José no le importa.

Gracias a ese primer libro que encontró hace mucho tiempo, ahora rescata libros de la basura. Cuando José comenzó a trabajar como recolector de basura, encontró un voluminoso libro en la basura: *Ana Karenina*, de León Tolstói. Lo recogió y lo leyó una y otra vez, transportándose a un tiempo pasado, a un lugar lejano, con trenes de vapor, salones iluminados bajo la luz de las velas y trineos para deslizarse en la nieve. Luego encontró más libros y los leyó también. Cada uno diferente, cada uno un mundo nuevo por descubrir.

Por fin José termina su ruta. El camión de basura recorre las grandes avenidas de regreso a la parte más poblada de la ciudad, en dirección al garaje. En la cabina, a su lado, viaja un precioso cargamento: una pila de unos cincuenta libros... delgados, gruesos, usados, casi nuevos. Unos libros que viajan para sumarse a otros: una enciclopedia de animales de la A a la Z, un libro de cuentos de hadas, una voluminosa novela, todos en buen estado. Junto a José ahora viajan hacia su nuevo hogar; sus páginas vibran con el retumbar del motor.

José camina desde el garaje hasta su casa. Se detiene a la entrada
para abrir la puerta, mientras los libros se balancean en su otro brazo.

Varias páginas que leer, varias horas para soñar, y así comienza un nuevo día. Por la noche, nuevamente visita Macondo, un pueblo mágico en lo más profundo de la selva de Colombia, y se pierde en ese lugar, donde el tiempo transcurre a su ritmo.

¡Por fin es sábado, sábado, sábado! Las piernas del pequeño José van lo más rápido que pueden. Mientras corre por el vecindario, otros niños lo siguen. Es una carrera donde todos terminan siendo ganadores.

Sus pies por fin se plantan en la entrada del Paraíso.
El señor José les da la bienvenida con una sonrisa
como hace cada sábado.

El pequeño José entra al Paraíso y encuentra
montones de libros amontonados como se apilan
las viviendas de su vecindario. Libros rescatados
por el señor José. Cada lugar, cada rincón está
lleno de libros. Álbumes ilustrados,
historias clásicas, libros gordos con
elegantes cubiertas. Grandes libros
de textos de temas complejos.

José permanece por largo rato recorriendo las altas
montañas de libros, temeroso de tocarlos.
El señor José va a su encuentro. Sostiene un libro
y sonríe.

El señor José se sienta y José también. El vecindario calla.
El libro se abre. Muestra sus páginas.

Se abre a un lugar mucho más lejos de su barrio, un lugar donde José no puede llegar en bicicleta. Con cada página que pasan, ambos descubren un mundo nuevo, muy diferente a las calles y colinas de su barrio.

Y ese descubrimiento produce más búsqueda.

Esta vez José hace su propia selección.
Se despide tímidamente y con una
sonrisa le da las gracias al señor José.
Sus pies vuelan de regreso a su casa,

sus manos vuelan haciendo los quehaceres, durante la cena,
cuando se lava la cara y detrás de las orejas, para poder irse
a la cama y explorar el nuevo libro, y devorar sus páginas,
más cálidas y gratificantes que la cena.

Con la luz del amanecer, el pequeño José se despereza en la cama. El libro duerme bajo su almohada. Una vez más lo leyó en sueños e imaginó un planeta solitario, una flor, un niño, un zorro, y los viajes y aventuras que viven.

Ya es domingo, se da cuenta José. Nuevamente tiene que esperar toda una semana. Esperar en la cama a que despierte el día. A que sus amigos lleguen a jugar. Esperar a que sea sábado. Esperar a que el señor José abra las puertas donde los libros aguardan en sus estanterías para que José los descubra.

NOTA DE LA AUTORA

Más de diez millones de personas viven en la ciudad de Bogotá, Colombia. Solo hay diecinueve bibliotecas. En La Nueva Gloria no hubo ninguna biblioteca hasta el año 2000, cuando José Alberto Gutiérrez decidió tomar cartas en el asunto.

Residente en Bogotá toda su vida, Gutiérrez, quien trabajó como recolector de basura, es también conocido como el *Señor de los Libros*. En sus inicios, Gutiérrez encontró un ejemplar de *Ana Karenina* mientras realizaba su ruta. Describió ese descubrimiento como «el pequeño libro [que] prendió la llama y dio lugar a esta bola de nieve que nunca ha dejado de rodar». Hoy en día, además de dirigir su biblioteca, Gutiérrez también dirige la fundación que creó, La Fuerza de las Palabras, que provee material de lectura a escuelas, instituciones y bibliotecas de todo el país. Sus esfuerzos han sido reconocidos en el mundo entero, incluyendo artículos en el periódico *El Tiempo*, de Colombia, *US News and World Report, BBC News,* y otros. Gutiérrez también se ha dirigido a audiencias internacionales: dos veces en la Feria Internacional del Libro de Guadalajara y en la conferencia anual de la Austrian Literacy Association.

Cuando tenía algo más de cincuenta años, Gutiérrez volvió a la escuela para completar sus estudios. Le tomó tres años obtener su diploma de secundaria. La experiencia de crear su biblioteca le infundió confianza y fuerza, y también a otros. «Muchas personas se burlaban de mí», dijo. «Se reían cuando se enteraban de mi proyecto. Pero ahora, veinte años más tarde, se quedan asombrados. Mi sueño es poder cambiar mi camión de basura por un camión lleno de libros y viajar por todo el país. Estoy seguro de que lo lograré».

José durante su ruta nocturna.

Los niños exploran la biblioteca en la casa de José.

LIBROS MENCIONADOS

Mientras investigaba esta historia, encontré varias referencias de libros que fueron especialmente importantes para el señor Gutiérrez. Los siguientes títulos se destacan en las ilustraciones:

- El primer libro que Gutiérrez descubrió en su ruta fue *Ana Karenina*, de León Tolstói, novela acerca de una mujer de la alta sociedad que se ve atrapada en la rutina de la vida diaria. La historia tiene lugar en Rusia, en el siglo XIX, un tiempo y un lugar muy diferentes a la Colombia actual.

- *Cien años de soledad,* de Gabriel García Márquez, autor colombiano y laureado Premio Nobel, es la historia de las vidas de siete generaciones de la familia Buendía en el aislado pueblo de Macondo. Es un vivo ejemplo de realismo mágico, en el que los eventos reflejan la vida diaria, con excepción de algunos fantásticos (y a veces inexplicables) acontecimientos.

- El libro que el pequeño José lee al final es la narración de Antoine de Saint-Exupéry, *El Principito.* Originalmente publicado en 1943, está considerado un clásico de la literatura infantil que cuenta la historia de un joven explorador que visita la Tierra después de haber vivido solo en un diminuto planeta no más grande que una casa. Compleja alegoría, la historia refleja las experiencias del autor hasta el inicio de la Segunda Guerra Mundial, y explora otras interrogantes acerca del amor y el sentido de la existencia.

FUENTES EN LÍNEA

La Fuerza de las Palabras: lafuerzadelaspalabras.com

"Bogota's Bibliophile Trash Collector Who Rescues Books": aljazeera.com/indepth/features/2017/05 /bogota-bibliophile-trash-collector-rescues-books-170522084707682.html

"Colombia's 'Lord of the Books' Saves Tomes from the Trash": csmonitor.com/World/Americas/2018/0625 /Colombia-s-lord-of-the-books-saves-tomes-from-the-trash

"From Garbage to the Bookshelf": facebook.com/watch/?v=910112349130273

"'Trashy' Books: Garbage Collector Rescues Reading Material for Colombian Children": usnews.com/news /world/articles/2015/08/26/colombian-garbage-collector-rescues-books-for-children